SOLEILS A L'OMBRE

du même auteur aux éditions Deslivrance :
de "COEUR OUVERT"

- **Cris et douceurs**
- **~~Soleils à l'ombre~~** La Nuit et l'Aube
- **Tumultes et silences**

SOMMAIRE :

CHACUN-TOUS

L'homme est un singulier pluriel,
Adolescent il fait ses gammes
Le coeur nourri d'immatériel
Avec un ventre à bouffer l'âme !

Il se ressemble, mais peut-il ?
En mesurant ses différences
Envelopper de jeux subtils
L'énormité de ses carences ?

A chacun la même bougie,
La même flamme qui vacille,
Le même maître de magie,
La même main et sa faucille !

A chacun la même sébille,
En or, en argent, ou en bois....
Les nudités que l'on habille
Pour ne pas sembler aux abois !

En dépit de ses stratagèmes
Pour échapper à l'essentiel,
De barbarismes en phonèmes,
L'homme est un singulier pluriel !

RENDEZ-VOUS.

Faut fair' bonne figure
Devant les arlequins
Montrer de l'envergure
Et cacher ses chagrins,
Puis solder ses factures
Quand vient le p'tit matin,
Faire des épissures
Pour contrer le destin
Et vivre ses blessures,
Comme le fait un chien !

Faut fair'bonne figure devant les Arlequins,
Et les grosses pointures, les cochons, les coquins,
Mais avec leur peau dure, les ongles de leur mains,
Ils sont la devanture d'un état magasin !

Beau messieurs, belles dames,
Aux habits cousus d'or,
Etes-vous privés d'âme,
Ou tentez vous le sort ?

Le temps du moyen-âge ,
Revient à pas de loup :
Un tiers état en cage
Donnera rendez-vous !

JULIE, JULIETTE

Avec des yeux de lapin rouge,
Qui n'a pas dormi de trois nuits,
Je me statufie quand tu bouges,
Et j'ai le coeur qui fait grand bruit.

J'entends des voix dans ma cervelle,
Des clarinettes, du basson,
Julie, mon dieu, que tu es belle,
Ca fait danser tout' la maison !

Tintent grelots pour toi Juliette,
A te faire des baisemains,
A faire chanter les violettes
Toute la nuit et puis demain !

Toi la Julie, toi la Juliette,
De Sumatra, de Bornéo
De Clignancourt, de la Vilette,
Tu fait jaillir les Roméo.

Avec des yeux de lapin rouge,
Qui n'ont pas dormi de trois nuits,
Ils se statufient quand tu bouges,
Et dans leur coeur ça fait grand' bruit !

CHACUN SOI.

Le vent me crie dans les oreilles,
"Depuis tout temps j'ai voyagé,
Et les saisons qui t'émerveillent,
C'est moi qui te les ai forgées.

Ta planète m'est familière,
Car c'est bien celle où je suis né ;
Que fais-tu dans tes fourmilières ?
Tu meurs ; et passent les années !

Je suis l'instant et l'étincelle,
Et l'infini est mon secret,
Je vais là où rien ne m'appelle ;
Le rêve est le sens du concret !

Dans mes oreilles le vent crie,
Toutes mes forces s'arqueboutent ;
A cet instant, si je ne prie,
Ne serais-je rempli de doute ?

Et pourtant que de certitudes
S'en vont au gré du vent malin...
L'homme est millions de solitudes,"
Me souffle -t-il d'un ton calin.

...Le vent est brise ce matin ...

HOMME NU

Une croche, une noire, une blanche,
Un soupir, un do-dièse, un silence,
Une table, un poker, de la chance,
Un frou-frou ,un frisson, une hanche.

Un enfant, un bleuet, une flamme,
Un regard, un espoir, une voix,
Un sourire, un pleur tu, bosse à l'âme,
Ou caresse, ou bâton, ou l'émoi.

Un plus grand qui regarde et apprend,
A mal lire, à compter, à mentir
A mal dire, à se taire, à souffrir,
A rompre avec le rythme vivant !

Une femme, un malaise, une excuse,
Un nombril, une peau, un message,
Un désir, un reflet, une rage,
Une voix, qui dit non, qui refuse,

Une femme, une mère, un enfant,
L'homme nu, désarmé, s'échappant,
L'âme close, en silence apprenant,
Qu'il n' a droit, qu'un instant, d'être amant.

CRISTAL FRAGILE.

Mon. âme fait de grands soleils
En vivant de vos infortunes
De vos heures inoportunes,
Avant que soit le grand sommeil !

Je vis vos drames coté coeur,
Vos rires moins que vos souffrances,
Vos joies bien moins que vos douleurs,
A vivre au delà de l'enfance !

Avant que vienne cet instant,
Où sonnera le grand silence ,
Où pour tous je serai mourant,
Lors de l'ultime révérence,

Mon âme vit pour tout humain
Et se ressent de vos tristesses,
Et de vos vies sans lendemain,
Ecumoire de vos détresses,

Avec ce sentiment souvent,
Que l'amour est parfois utile,
A ceux malmenés par les vents
Qui sont comme un cristal fragile.

BEMOL.

J'ai le coeur plus gros que moi-même,
Et je le pousse avec les pieds,
Il m'emmerde avec ses "je t'aime",
Qui font rire les cafetiers.

Sur les zings gris désabusés,
Devant les tant "je t'offre un verre,
C'est moi qui paye la tournée",
Lévres et coeurs se sont usés,
Pour aller sous les lampadaires,
La nuit, oublier la journée.

Je m'étonne au cri des mouettes,
de sentir la mer m'inonder.
Les hommes aux têtes de chouettes
Dorment au pieds des cabarets.

CARNET

Il s'agit d'une indiscrétion,
Mais tout de même volontaire
Le carnet de notes par terre,
Qui donc y faisait attention ?

Le cahier du greffier d'enfant,
Qui se balance sur sa chaise,
Avec le ventre du bedeau,
A vous en rendre mal à l'aise !

En y regardant de plus près,
On peut y voir sur chaque page,
Noté en lettres bien serrées
Combien sont fausses les images !

Ces femmes qui vous affirmaient
"tu sais j'ai mauvais caractère"
Et jamais ne vous répondaient
Quand vous en cherchiez les critères !

Sur le cahier, tout est noté,
Rappelez-vous en corollaire,
Messieurs, ce qu'elles vous disaient,
Le "Moi je veux qu'on m'incinère !"

Vous pardonniez à leurs humeurs,
Ne compreniez pas leurs caprices ;
Elles vous labouraient le coeur !
Vous ne les saviez pas actrices !

Sur le cahier, c'est bien noté,
Elles qui n'ont ni dieu ni maître,
Au jugement pour échapper
En cendres veulent disparaître.

DEBOUT.

Je reviens de plusieurs
Ailleurs,
Tout caparaçonné
Avec l'oeil d'un veilleur,
Tout ensaucissonné
D'être celui-là même
Que je connais un peu,
D'être celui qui aime
Et qui n'est pas du jeu !

La vie m'emmerde - t-elle ?
Drôle de demoiselle !
Mais avec de tels yeux !
Je ne vois que du feu,
Je ne suis qu'une chiquenaude,
Mais qu'elles sont faraudes !

Quelque part, oui, j'en pleure
En voyant tourner l'heure.

L'âme est un intestin,
Et se reconstitue ;
Est-ce là un nouveau matin ?

Debout ! salut !

LE FOND DE L'AIR.

Le fond de l'air, c'est jour impair,
Le fond des choses, faut qu'on en cause ,
Le fond du coeur, si t'as pas peur,
Un fond de l'oeil, bois de cercueuil...

Tout juste pour voir rien,
Et tout se décompose ;
Avant on n'est pas bien,
Après, c'est autre chose,

Les fleurs sont en poussières
Au fond des pyramides,
Où veillent les sylphides,
Où dorment nos prières.

Le fond de l'air est frais,
Le fond des choses est drôle ;
Le fond du coeur geôle,
Le fond de l'oeil secret !

Le fond de l'air est froid,
Le fond des choses rit,
Le fond du coeur est gris,
Le fond de l'oeil pantois,

Le fond de moi survit,

Et toi, t'es qui ? ? ?

MONTPELLIER

Avecque les mots, je m'amuse,
Dans les rues de la surdouée ;
Le carquois de mon arquebuse
A la ficelle dénouée,
Où chaque flêche est une muse,
Une musique non jouée.

Je salue bien bas la Babotte,
Tour babel de mes premiers pas,
Lors j'étais en courtes culottes,
Et l'admirais de tout en bas !

Le Peyrou plat de mon enfance,
Où le vent de mer m'entourait,
Me voyait gosse sans défense,
Voir les lions que j'admirais.

ET QUART !

Dis, tu as vu, il est et-quart !
Il faut que tu part' à l'école,
File ! Tu vas être en retard
"A mince alors ! il est et-quart"

Et moi je me sens comme un singe,
Assis ou souvent suspendu,
A cette aiguille de l'horloge,
Qui me chahute dans ma vie.

Arrête-t-elle de tourner,
Et de m'emmener avec elle,
Faire des tours en ribambelle,
Ne pourrait-elle s'arrêter ?

A chaque instant il est et-quart,
Le temps ainsi compte les jours
Les arrivées et les départs,
Les ans sont de plus en plus courts,

Et nous mourrons, un jour ou l'autre,
Quand l'horloge sera au quart,
Qui plus qu'un autre sera nôtre :
A chaque instant il se fait tard !

C'EST NORMAL !

Dis, monsieur, dis-moi donc,
Dis-moi , pourquoi ces gens,
Tous ces gens là qui sont,
Partout déambulant,
Partout se bousculant,
Partout et tout le temps,
Me disent qu'ils ont mal,
Mal au dos , à la tête,
Mal au ventre banal,
D'un lendemain de fête ?

Mais tous, monsieur, m'ont dit,
Avant que je questionne,
"J'ai mal aux pieds, petit,
Mal de grande personne !
Tu verras, toi aussi,
Plus tard ce que ça donne,
Toi aussi, ça t'attend,
C'est normal, tu verras !"

BAROMETRE.

Si je ne suis qu'un grain de sable,
Une écorchure du destin,
Une virgule misérable,

En soi, peut-être presque rien,
Une âme de joie et de peine,
Un souffle qui se tait parfois,
Mais veut crier à perdre haleine :

Je vous aime tous, aimez - moi !

Est-ce folie que l'exigence,
Que demande un coeur nuageux,
De n'avoir pas que des souffrances,
Et dans le ciel, d'aimer le bleu ?

Et de craindre les baromètres
Qui nous prédisent le gros temps,
D'en vouloir un, fixe au bien être,
Pour chaque jour ! j'aimerais tant !

Si je ne suis qu'un grain de sable,
Une écorchure du destin,
Une virgule misérable,
En soi, peut être, presque rien,
Mon coeur est après chaque nuit,
Soleil comme au lever du jour,
Qui fait monter après la pluie,
Cette odeur forte de l'amour !

QUI DONC LEVE LE DOIGT ?

Où donc c'est-il que l'on dégraisse ?
Mais qui donc prend les décisions ?
Qui traite à coups de pieds aux fessses,
Hommes et femmes par millions ?

Qui donc, messieurs, lève le doigt,
Pour dire à notre connaissance,
Et le comment et le pourquoi,
Il crée pour d'autres la souffrance !

Dire comment il y échappe,
Dire pourquoi il ne fait pas,
Pour lui, que jamais ça ne frappe,
Un cercueil dans du mauvais bois !

Qui donc, messieurs, lève le doigt,
Pour dire simplement, "c'est moi",
Moi et mes petits camarades,
Qui sommes votre mauvais sort !,
Nous vous mangeons à l'estouffade,
Et n'adorons que le veau d'or !

LA QUINE .

N'oublions jamais les étoiles,
L'univers à tout l'horizon,
Quand la nuit tombe comme un voile,
Où s'accrochent des lumignons !

Au temps de ma jeunesse dure,
Venait la mort à mon chevet,
Tranquillité dans la froidure,
Avec elle je babillais :

Nous nous sommes bien fréquentés,
Elle comme une copine,
Elle partait et revenait,
Me demandant " tu veux la quine ? "

Puis un jour me dit à l'oreille,
"Confidence pour confidence,
Pour tous, je suis un peu pareille,
Je suis folle et sans innocence !

Et, crois-moi, toi, que je m'amuse,
Avec tous ces paumés vivants,
Car doucement, pendant qu'ils s'usent,
Je prévois leur enterrement ! "

RYTHME.

Je rêve de silence,
Comme vous ,...de beauté ;
Malgré les apparences,
La vie passe à coté !

Au rythme des programmes,
Que passent les télés,
Au rythme du vacarme
De radios égarées,

Les coeurs et les esprits,
Sont vides, désoeuvrés ;
Qu'est devenu le cri
De tout enfant qui naît ?

L'espoir est-il un mythe,
Et l'amour étiolé,
Pour vouloir vivre vite,
On n'en est qu'agité !

Esclaves par millions
Et pourtant isolés,
Chaque jour nous perdons
Notre vie minutée.

Je rêve de silence,
Comme vous de beauté,
Je reste en mon enfance,
Pour vraiment respirer.

LE DISSIDENT

Je suis de ceux, vu de loin, qu'on admire,
Et que l'on porte aux nues, qui sont en point de mire,
De caméras cachées ;
Pour la gloire des foules, et de la corrida,
Les souffles sont coupés.

Comment est-ce possible,
Est-ce donc vrai, tout ça ? . . .

Oui monsieur, oui madame, ils sont contestataires,
Je dirai même plus ce sont des dissidents !

Au nom des droits de l'homme, habitant cette terre,
Vous tous, le verbe haut, vous allez défilant !
Grands dieux, ce que c'est beau, cette harmonie secrète ,
De tant de coeurs remplis d'idéal et de fête !
Bravo !
Je suis de ceux, vu de loin, qu'on admire ;
Merci, un jour, messieurs, de tourner vos regards,
A vos pieds, simplement, car vous pourrez y voir „
Des tas de dissidents ne prêtant pas à rire !

FAUT - IL ?

Faut-il penser à Dieu, Savons-nous ce qu'il fit ?
Faut-t-il penser à Dieu avec un crucifix,
Ou bien en djellaba ou avec la thora,
Faut-t-il penser à Dieu en pensant à Boudha ?

Par milliers, par millions, par milliards, ils arrivent !
Y -a-t-il, de la place, à coup sûr, pour eux tous ?
Avec tous ceux, déja installés, qui les privent
D'une place au soleil pour laquelle on se pousse !

C'est vrai que l'univers est grand pour les humains,
Car être ou n'être plus, ça ne se comprend pas,
Nous cherchons à savoir ce que sera demain,
Et des demains peut être il n'y en aura pas !

Quel que soit le destin de saintes écritures,
N'évoquent-elles pas la même déchirure,
Et que perdre ce corps, cette totalité,
N'octroie pas à notre âme, une autre liberté ?

ENTENDS - TU ?

Entends-tu le cri de la chouette,
Entends-tu ?
Le léger bruissement des feuilles des palmiers,
Et le frissonnement du grand micocoulier. . .
Les portes se sont tues !

les fenêtres ouvertes,
Laissent venir à nous les âmes des poêtes. . .

Et dans toute la nuit où dorment les cyprès
La vie nous est offerte,
En chansons de grillons, de douceur, et de paix.

S E Q U I T T E R.

Est-ce si vrai que le temps passe
D'un jour à l'autre sans un bruit,
A la vitesse des étoiles,
Qui nous reviennent chaque nuit ?

Ma saison à moi c'est la vie ;
Je ne sais pas si j'ai grandi,
Je ne sais pas si j'ai veilli,
Hier se mélange à aujourd'hui !

Est-ce si vrai que le temps passe
Comme dit le calendrier,
Je marche toujours dans les traces
Du chemin de ma vérité.

Est-ce si vrai que le temps passe
Depuis le jour où je suis né,
Virgule au milieu de l'espace,
Un instant de l'éternité !

Je ressemble tant à moi-même,
Pareil, car je suis unité ;
Ceux que j'admire ou ceux que j'aime
Sont toujours là à mon côté !

Marot, Montaigne ou bien Verlaine
Sont avec moi pour déjeuner ,
La vie en est bien moins vilaine,
Comment pourrait-on se quitter ?

BOMBARDEMENTS.

Qui donc est né dans la douceur,
Ou dans des draps de soie de Chine,
Qui donc est né dans le bonheur,
Où dans le chant de voix câlines ?

En ce temps sonnaient des sirènes,
Pas celles d'amour des marins,
Celles mugissant par centaines,
Dans la ville au petit matin !

Et l'humanité déménage
Au milieu des bombardements
Quand l'homme rit de ses carnages
Dans le silence des mourants !

En ce temps sous les bruits de bottes,
Avaient disparu les présents,
La vie n'en était que plus sotte,
Et même folle évidemment !

Chaque jour apportait ses larmes,
Car les soldats étaient partout,
Chaque rue était place d'armes,
Le monde était devenu fou !

Un jour vers la fin de l'orage,
Quand les grondements se sont tus ;
Merci à ceux dont le courage
Ne dit pas ce qu'ils ont vécu !

Et puis, et puis, et puis encore,
L'oubli s'installe peu à peu ,
D'autres régions s'entredévorent
Se brûlant l'âme à petit feu !

"JE M'ECLATE"

Je m'éclate,
Quand tu joues du piano....
Je m'éclate,
Au son du saxo !

La vie prend une tournure étrange,
Couleur d'amour, couleur de nuit,
La voix d'une femme ou d'un ange,
Sonne le désir et l'envie.

J'écoute...
Au delà du piano,
J'écoute,
Au delà du saxo,

L'appel à faire un grand voyage,
Vers un monde fait d'émotion,
Pour retrouver le vrai visage,
De l'amour fou, de la passion.

ALCOOL, FUMEE.

Je chante pour mourir,
Mourir un peu moins mal,
C'est là mon grand désir,
Mon concept général !

Puisque j'ai un cerveau
Sans l'avoir demandé,
Qui me laisse étonné
De voir tant de misère
Sur le globe vivant,
Je pends à ma patère
Un almanach du temps.

L'almanach me dévoile,
Silencieux et fade,
Qu'en deçà des étoiles,
Ici tout est malade
De chercher le bonheur,
Ou simplement de vivre,
Et que le coté coeur,
Est comme un bateau ivre.

Je chante pour l'espoir,
Pour vivre un peu moins mal,
Pour le calme des soirs,
Avant le soir final !

T 'APPRENDRE :

Je veux t'apprendre lentement,
Et te comprendre et te savoir,
Je veux t'apprendre en chuchotant,
Simple leçon, simple devoir !

Dans la douceur, je veux t'apprendre,
Dans le soleil ou dans le noir,
Laissant mes bras vers toi se tendre,
Dans la lumière, ou sans te voir !

Un sourire sur ton visage
Donne de toi la vraie image !

Je veux t'apprendre entièrement,
Te caresser et t'émouvoir,
Cela t'est dû, comme un devoir,
Je veux t'apprendre simplement !

La nuit, le jour, sont des tiroirs,
Où sont tes bijoux de dentelles ;
Dessous tes dessous t'es plus belle,
Offrant ta peau à mon savoir !

Un sourire sur ton visage
Donne, de toi, la vraie image !

GROGGY DEBOUT !

Les doigts de pied en éventail,
Pendant que le monde va mal,
Des milliardaires doriphores
Se comparent les coffres-forts !

Le soleil tourne à l'horizon,
L'ombre s'en vient sur les maisons ;
Qui donc vous consomme l'espoir,
Vos petit' laines pour le soir ?

Qui donc viendra dire à la une
Comment donc il a fait fortune
En prélevant sur votre dos,
Vous prenant pour des animaux,
Quelques écus, mais chaque jour,
En vous parlant parfois d'amour !
Et vous êtes groggys debout,
En n'ayant rien compris du tout !

Et l'on vous dit "prenez patience !"
Si un peu vous vous agitez,
Tout ceci au nom de la science !
L'homme n'est-il que vanité ?

GENS SEULS .

Je trouve les gens seuls, seuls immensément seuls,
Petit' min', drôl' de gueul', drapés dans des linceuls,
Je trouve les gens seuls, le coeur à l'abandon,
Peu capables d'avoir sentiments ni raison !

Allant pousser leurs vies dans les hypermarchés,
Derrières des caddies remplis de marchandises,
Qui ne servent vraiment, et quoi que l'on en dise,
Qu'à remplir le silence et à se consoler !

Tant de femmes quadras, qui veulent "s'éclater",
Se retrouvent sans âme, à quarante cinq ans,
Incapables d'aimer, vivent sur leurs enfants,
Qui ont le faux profit d'une mère atrophiée !

La vie n'est pas un truc dans un bel emballage !
Ce n'est de plus en plus qu'un long pont des soupirs !
Venise, on en revient pour quelques souvenirs
Qu'on n'a pas toujours eu, mais qu'on garde en image !

Car les femelles tuent, les mâles sont violents,
Dans le monde vivant de l'animalité !
De femme il en est peu et d'homme tout autant !
Mais où est donc l'amour qui fait l'humanité ?

Je trouve les gens seuls, seuls, immensément seuls,
Petit' min', drôl' de gueul', drapés dans des linceuls !
Je trouve les gens seuls, le coeur à l'abandon ,
Peu capables d'avoir sentiment ni raison !

LE CABARET D' LA VIE

Il faut aimer les choses,
Aimer toutes les roses,
Car ce n'est pas fini...
En tous cas aujourd'hui !

Au cabaret d'la vie,
Chacun est du spectacle
Ecoutant son oracle
Sans savoir ce qu'il dit !
Avec les yeux rougis,
Quand la tristesse gagne,
Y-a pas d'pays d'cocagne
Et parfois peu d'amis !

Au cabaret d'la vie,
Même les feuilles mortes,
Passent dessous la porte,
Le soir quand vient la nuit !

A CETTE HEURE-CI ! !

Le vent qui vient du nord
Apporte la tourmente,
C'est le temps du bois mort
Et du froid dans les fentes !

Et craquent les maisons
Où les cheminées fument,
La neige est de saison
Et le cerveau s'enrhume !

Par ce temps de soucis
Qui est fait pour les loups
Où l'océan mugit
Car le vent devient fou
Où les plaines sont rases,
En attendant le jour,

Où les couchants s'embrasent
Comme un immense four,
Où la journée s'arrête,
A l'orée de la nuit,
Avant qu'elle ait pu être
Elle s'évanouit !

Doux le sommeil s'approche,
Comme une double croche ;
Soudain j'entends frapper
Quatre coups à mon huis ,
Soudain j'entends frapper ,

Qui donc à cett' heur'-ci ?

PAS-PLUS

Je voudrais que les hommes s'aiment,
D'est en ouest, du nord au sud,
Je voudrais que les hommes s'aiment
S'entraident,
Et ne se battent plus !